RATUS POCHE

COLLECTION DIRIGÉE PAR JEANINE ET JEAN GUION

Timothée
et le dragon chinois

© Hatier Paris 1993, ISSN 1259 4652, ISBN 2-218 05798-0

Timothée
et le dragon chinois

Une histoire de Frédéric Shangdi
illustrée par Yé Xin

HATIER

LES PERSONNAGES
DE L'HISTOIRE

Ming,
jeune Chinois, intrépide et rusé,
partage toutes les aventures de
l'impatient **Timothée,**
petit Français qui vit en Chine
avec ses parents, archéologues,
venus pour restaurer
de très anciens monuments.

Timothée   Ming

1

Timothée retient son souffle. La voici donc, cette fameuse Grande Muraille ! De part et d'autre de la route, elle part à l'assaut des montagnes, monte sur les plus hautes collines d'où elle dévale ensuite avant de repartir, tel un serpent de pierre, vers la hauteur suivante.

Le père de Timothée gare la voiture sur l'esplanade qui s'étend devant la Muraille. Sans attendre davantage, Timothée court vers le gigantesque mur. Mais ses parents le rappellent :

— Attends-nous, Timothée ! Tu ne peux pas te promener comme cela ! Il pleut trop fort ! Tu risques de te perdre !

En effet, loin de cesser, la pluie qui tombe depuis le matin redouble de violence. Les nuages sont de plus en plus épais et bas. L'humidité semble monter du sol, recouvert de grandes flaques d'eau sale.

À contrecœur, Timothée revient vers ses parents en traînant les pieds.

— Tiens, passe ceci, déclare le père du jeune garçon. Il lui tend une grande cape de plastique bleu qu'il vient d'acheter pour quelques yuans. Au 3 moins, comme cela, tu es à l'abri. Bon, à présent, on peut y aller ! Mais reste bien avec nous.

D'innombrables touristes chinois sont venus visiter la Muraille en autocar ou en train. En ce milieu d'après-midi, ils se pressent et se bousculent sans ménagement devant les guichets et les boutiques où se vendent tickets d'entrée, souvenirs et friandises. Timothée se fraie un chemin au 4 travers de la foule indisciplinée. Pas facile 5 d'avancer ! Les Chinois sont si nombreux !

Timothée parvient enfin devant la Muraille. Il gravit, quatre à quatre, un escalier. Un instant plus tard, il court sur le large chemin de ronde qui occupe le sommet de la Grande Muraille. Il saute de joie et bondit dans tous les sens, puis s'approche des créneaux où se tenaient, autrefois, les 6 courageux soldats qui défendaient la Chine contre les envahisseurs ! Timothée imagine les combats féroces qui se déroulaient sur la Muraille : le bruit

des armes qui s'entrechoquent, les cris de colère
des guerriers, les hennissements des chevaux…

— Timothée, ne va pas si loin !

— La barbe, s'exclame Timothée qui n'a aucune
envie de rester avec ses parents. Ce serait tout de
même plus amusant s'il pouvait trouver un
compagnon de jeu avec qui partager ses rêveries !

Et Timothée repart en courant.

2

Pendant ce temps, un brouillard épais, humide et froid, glisse du haut des sommets et vient lécher les pierres grises du grand mur.

— Timothée, ne t'éloigne pas trop !

— Oui, maman ! s'écrie le jeune garçon.

Timothée pousse un soupir. Il aimerait tant pouvoir courir où bon lui semble ! Si ses parents l'obligent à demeurer toujours auprès d'eux, comment pourra-t-il trouver un camarade ? Quel ennui ! Timothée se retourne vers sa mère :

— Je vais jusqu'en haut de cette montée, et je vous attends là-bas !

Bien qu'il soit jeune et sportif, Timothée peine un peu : à cet endroit, très escarpé, la Muraille est une sorte d'énorme escalier. La chaussée qui occupe son sommet est formée de marches, de dizaines de très hautes marches. Le petit Français se retourne.

8

Ses parents semblent avoir plus de mal que lui à grimper la pente... Timothée agite la main :

— Ohé, papa, maman ! Vous me voyez ?

Sans attendre de réponse, Timothée continue sa promenade. Pendant ce temps, la plupart des autres touristes, découragés par la brume qui empêche de voir le paysage, ont regagné l'esplanade.

La pluie a rendu les pierres très glissantes. Pour ne pas tomber, Timothée s'accroche à la rambarde métallique qui court tout au long de la Muraille. Le jeune garçon arrive bientôt dans une des tours de garde qui renforcent le grand mur par endroits. De nouveau, des marches.

— Pff... ce devait être fatigant, le métier de militaire ! Ah ! Mais on n'y voit plus grand chose, remarque tout à coup Timothée.

La Grande Muraille est à présent entourée d'un épais, très épais brouillard. Brr... il fait vraiment froid, maintenant... Timothée boutonne sa grande cape, en rabat la capuche et remonte ses chaussettes pour tenter de se réchauffer un peu. Puis il s'écrie, une pointe d'inquiétude dans la voix :

— Papa ! Maman ! Je suis là !

Mais ces mots se perdent dans le brouillard

Que fait Timothée sur la Grande Muraille ?

sournois qui enveloppe la Muraille.

— C'est moi, Timothée ! crie de nouveau le garçon.

Sa voix est nouée par l'inquiétude.

« Tout de même, ce serait plus rassurant si mes parents étaient là », pense-t-il.

Le jeune garçon regarde autour de lui. Il est seul, tout seul, à présent, sur le grand mur...

3

Timothée court plus qu'il ne marche. Il ne se souvient pas d'être allé si loin. Il aperçoit une lumière dans la brume. Vite, c'est sans doute là qu'il a laissé ses parents tout à l'heure. Ils doivent être en train de l'attendre... Dans un instant, le jeune Français va se blottir dans les bras de son père et de sa mère...

Mais non, personne n'attend Timothée. La gorge serrée, le cœur battant, le jeune garçon presse de nouveau le pas. Il lui semble entendre une voix, toute proche. Il est sauvé ! Mais quelques mètres plus loin, Timothée est bien obligé de se rendre à l'évidence : il n'y a personne d'autre sur la Muraille... Il repart en courant, trébuche, tombe et se blesse au genou. Mais il n'y prête aucune attention. Une seule chose compte : retrouver ses parents.

Timothée approche enfin de la sortie. Mais voici qu'il y a deux rampes qui mènent au pied du mur ! C'est bien ennuyeux ! Car l'une descend sur la gauche tandis que l'autre dévale vers la droite. Quel chemin prendre ? Celui-ci, sans doute. Non, celui-là !

— C'est un véritable labyrinthe, cette sortie ! s'écrie Timothée.

Il n'avait pas remarqué, tout à l'heure, qu'autant d'escaliers, de rampes et de marches menaient à la Muraille. Et tout cela se croise, se recroise et se rejoint pour mieux se séparer quelques mètres plus loin... En plus, avec ce brouillard qui s'épaissit sans cesse, pas moyen de s'orienter ! Le jeune garçon s'engage sur une rampe et regagne l'esplanade. Bon, au moins, il est descendu de cette Muraille !

Les autocars, surchargés et grondants, sont repartis les uns après les autres en crachant une abondante fumée noire. Les boutiques ont fermé leurs portes. Indifférent au jeune garçon qui court de droite et de gauche, le dernier marchand ambulant a démonté ses tréteaux et les a chargés sur la remorque attelée à son vélo. Timothée le voit

10

s'éloigner et disparaître dans le brouillard. Il n'y a plus personne aux alentours de l'interminable mur.

Timothée est seul. Derrière lui, on ne distingue plus qu'une sorte d'ombre grise peu à peu mangée, à mesure que le temps passe, par l'obscurité et le brouillard : la Grande Muraille.

Fatigué, trempé, tremblant de froid et de frayeur, il patauge dans la boue. Indifférent à la pluie glacée qui a réussi à passer sous sa cape, le jeune Français comprend qu'il est bel et bien perdu dans un pays qu'il ne connaît pas, au pied d'une muraille impressionnante.

4

Timothée n'aperçoit pas le bizarre personnage qui s'avance vers lui : une silhouette inquiétante... Une tête énorme et, surtout, très pointue. Des bras qui semblent être dotés de deux grandes ailes. Il marche d'un pas rapide et se dirige tout droit vers lui. 11

Soudain, le jeune garçon se retourne. Il se retrouve nez à nez avec un personnage monstrueux caché sous une grande cape de plastique. Timothée sursaute. Son sang se glace dans ses veines. Il articule à peine :

— Eh ! Mais qu'est-ce que...

— Qu'est-ce que tu fais là ? demande le monstre d'une voix effrayante.

Le cœur de Timothée bat à tout rompre. Il a peur, très peur.

« La Grande Muraille, pense-t-il. Il ne pourra pas me suivre... »

Timothée se précipite, grimpe les premiers escaliers qu'il rencontre. Arrivé sur le sommet de la Grande Muraille, il court aussi vite qu'il peut, à en perdre le souffle… Là, près d'une tour de garde, il voit un gros tas de pierres en partie recouvert d'une bâche. Entre la tour et les pierres, il y a un espace étroit. Timothée s'y blottit. Il tire la bâche au-dessus de sa tête et se sent tout à coup protégé. 12

«Le monstre ne me découvrira pas là» pense-t-il.

Puis tout à coup, il éclate en sanglots :

— Mes parents non plus ne me trouveront pas… Je suis perdu…

Épuisé, Timothée pense à ses parents qui vont le chercher. Il leur fera signe quand il les entendra approcher… Le jeune garçon s'endort…

Pendant ce temps, au pied de la Muraille, le vieux Chinois, que la brume et la peur aidant, Timothée a pris pour un monstre, a bien essayé d'appeler le jeune Français. Le vieil homme n'a

pas pu suivre le garçon. Il y a longtemps qu'il ne s'amuse plus à grimper des marches… À son âge ! Son cœur ne résisterait pas !

«Encore un polisson qui ne veut pas rentrer chez lui ! se dit le vieil homme. Pourtant, c'est curieux, il n'avait pas l'air d'être Chinois. Peut-être ai-je mal vu, avec le brouillard…»

Le vieil homme réfléchit un long moment. À présent, il n'entend plus le garçon courir.

«Je vais passer à l'auberge, se dit-il. Je dirai à ses patrons ce que j'ai vu.»

5

Des nuages de petits insectes volent dans les rayons de lune. Un léger vent s'est levé. Tout est calme. Timothée dort paisiblement, coincé entre la tour et les pierres, à l'abri sous la bâche.

Soudain, il entend quelque chose. Quels sont ces étranges craquements ? On dirait que cela vient d'en bas... Oh ! Sans doute est-ce une bête sauvage qui gratte le sol, à la recherche de sa nourriture. Mais on n'entend plus rien à présent. L'animal a dû s'enfuir.

« Que faire ? » se demande Timothée. Tout à coup, les craquements reprennent. Cette fois-ci, le jeune Français veut en avoir le cœur net. Il descend l'escalier. Pas facile, dans le noir ! Guidé par le bruit, il s'approche de la porte d'entrée...

Tout d'abord, Timothée ne voit rien. Pourtant, il y a ce bruit, qui continue. Et cela vient du mur ! Timothée s'approche de la paroi de pierre. Soudain, son sang se glace dans ses veines.

Là, juste devant lui, un dragon sculpté dans la brique tord, détord et retord son corps recouvert d'écailles bleues et noires.

— Quelle horreur ! s'écrie Timothée.

Le monstre semble sortir d'un long sommeil. Il frotte ses pattes contre le mur. Soudain, l'affreuse bête adresse à Timothée une grimace épouvantable. Puis, elle saute sur le sol en poussant un grand rugissement. Timothée a tellement peur qu'il est incapable de faire le moindre geste ou de pousser le moindre cri.

L'horrible créature fouette l'air de ses puissantes pattes griffues, ouvre la gueule, retrousse ses grandes lèvres rouges et dévoile deux rangées d'énormes dents, pointues comme des poignards. Le monstre s'exclame :

— Tu as dérangé mon sommeil en te promenant dans cette tour où je me reposais depuis tant de siècles. Pour te punir, je vais te dévorer tout cru.

Soudain, un autre personnage sort de la sculpture. C'est une jeune femme. Son visage est triste, mais plein de bonté. D'une voix douce, elle supplie le dragon :

Que voit Timothée sur la Grande Muraille ?

(10) (11) (12) (13)

— Pitié pour cet enfant ! Soyez généreux, ô, roi des dragons ! Ce garçon n'est pas chinois ! Il ne pouvait pas savoir ce qu'il faisait ! Laissez-le repartir, je vous en prie !

Mais le dragon la repousse méchamment et donne un grand coup de patte dans la tour. Sous le choc, l'édifice s'écroule dans un grand fracas. Puis, le monstre s'approche de Timothée et hurle :

— Allons, qu'on me laisse tranquille ! J'ai déjà perdu trop de temps. Je ne vais faire qu'une bouchée de ce garçon !

Le dragon saisit l'enfant dans ses puissantes pattes. Timothée ferme les yeux. Déjà, il sent l'haleine du monstre. Ce dernier ouvre tout grand sa gueule. Timothée est pris au piège. Le roi des dragons l'étouffe...

6

Il est six heures passées lorsque le vieux Chinois arrive à l'auberge. Les gens sont assis autour d'une grande table ronde dotée d'un plateau central que chacun a fait tourner afin de se servir des plats qui y sont posés : raviolis pékinois et légumes croquants, canard aux fines herbes et nouilles sautées. Après tout cela, la femme de l'aubergiste a apporté une grande marmite pleine de riz. Car en Chine, le riz est très souvent servi en dernier, juste avant le dessert qui, ce soir, se compose de gâteaux aux œufs et de grains de lotus sucrés.

13

Le vieil homme fait signe à l'aubergiste et lui explique qu'il a rencontré un enfant perdu sur la Grande Muraille. Ming, le jeune fils des aubergistes, s'est approché de son père. Il écoute le vieil homme expliquer à quel endroit il a fait cette curieuse rencontre et dans quelle direction l'enfant est parti.

— Je sais où il doit être ! affirme Ming. Je connais bien la Muraille. Je peux aller le chercher…

— Reste ici ! dit l'aubergiste. Il pleut.

— Plus maintenant, dit le vieil homme. Et le brouillard s'est levé. Je crois que la nuit sera claire… Tout de même, ce doit être terrible de rester seul, la nuit, sur la Muraille…

À ce moment-là, un couple de touristes entre dans l'auberge. Ce sont les parents de Timothée. Ils ont l'air inquiet. Depuis qu'ils sont arrivés en Chine, les deux Français ont commencé à apprendre le mandarin, la langue officielle de ce pays et ils savent déjà très bien le parler. Aussi, ils n'ont pas de mal à expliquer qu'ils sont à la recherche de Timothée.

— Je crois que je l'ai rencontré tout à l'heure, votre fils, déclare le vieux Chinois. J'ai même voulu lui parler. Mais il a pris peur et s'est enfui à mon approche.

— Alors, où peut-il bien être, à présent ?

— Oh, pas bien loin, sans doute ! déclare l'aubergiste qui cherche à réconforter les parents 14 de Timothée. D'ailleurs, mon fils Ming connaît parfaitement chaque recoin de la Muraille. Si vous le désirez, il peut vous aider à retrouver votre garçon.

L'aubergiste se retourne. Il cherche son fils du regard, mais Ming n'est plus là... Son père s'écrie alors :

— Ah, ça, par exemple ! Je crois que Ming est déjà parti chercher votre fils !

Puis il ajoute en soupirant :

— Cet enfant ne tient pas en place ! Bon, eh bien, il n'y a plus qu'à attendre ici.

— Comment ? Vous ne voulez pas que nous y allions aussi ? s'étonnent les parents de Timothée.

— Oh non ! C'est inutile ! Ming est tout à fait capable de se débrouiller seul !

7

Ming s'est arrêté près du tas de pierre. Il a entendu quelque chose bouger sous la bâche. Il s'en approche doucement et découvre Timothée qui dort d'un sommeil agité.

«Il doit faire un cauchemar !» pense Ming.

Dans son rêve, Timothée donne des coups de poing au monstre pour se défendre, mais en vain. Le dragon le secoue :

— Arrête de me chatouiller ! crie la bête terrible.

— Allons, réveille-toi ! chuchote Ming.

Et le dragon secoue une nouvelle fois le jeune Français endormi. Ce dernier ouvre un œil et regarde Ming avec stupéfaction :

— Tu ne vas pas me manger ?

— Bah non ! répond Ming avec surprise.

Puis il ajoute :

— Eh bien, dis donc, tu as le sommeil lourd !

— Qui es-tu ?

— Je m'appelle Ming.

— Ah ! Tu parles français ? demande Timothée en se frottant les yeux.

Le jeune Chinois explique :

— Oh, j'ai appris ta langue tout seul, en discutant avec les touristes qui viennent par ici.

Et il précise d'un air malicieux :

— Cela m'amuse et c'est plus facile pour vendre des souvenirs de la Grande Muraille...

Timothée n'a plus peur. Il sourit :

— Moi, c'est Timothée. Je suis perdu. Et, en plus, je viens de faire un affreux cauchemar. Un dragon me tenait entre ses griffes. Il s'apprêtait à me dévorer. C'était terrible !

— Chut ! Ne parle pas si fort ! murmure Ming. Il y a de drôles de bruits, en bas, près de la porte d'entrée. Écoute. On dirait que quelqu'un frotte des pierres les unes contre les autres.

— Ce sont ces frottements que j'entendais dans mon cauchemar, souffle Timothée.

— Ne bouge pas. Je vais voir, dit Ming.

Souple comme un chat, le jeune Chinois rampe jusqu'au bord de la terrasse. Avec précaution, il se penche entre les créneaux. Puis il fait signe à Timothée de venir le rejoindre. Très prudemment, ce dernier s'approche. Ming lui désigne le bas de la tour et murmure :

— Surtout, fais bien attention...

Timothée se penche à son tour par-dessus le muret. Des hommes sont fort occupés à arracher les briques sculptées qui ornent la porte d'entrée.

Timothée baisse vite la tête puis, tremblant, chuchote dans l'oreille de son nouvel ami :

— Mais qui sont ces gens ? Et pourquoi font-ils cela ?

— Ce sont des voleurs ! Ils devaient connaître l'existence de ces sculptures à demi-cachées sous les plantes grimpantes. Ils vont sans doute les vendre à un bon prix. De riches collectionneurs sont prêts à payer n'importe quoi pour posséder des antiquités chinoises.

— Qu'allons-nous faire ?

— Rien, répond Ming avec calme. Les bandits sont trop nombreux. Et pas question de nous enfuir. Les voleurs risqueraient de nous apercevoir. Pour le moment, nous allons rester ici, allongés sur la terrasse. Quand mon père va s'apercevoir que je

Que font les voleurs au bas de la tour ?

suis parti de la maison, il va venir nous chercher. Et il ne viendra pas seul…

Puis le jeune Chinois fouille dans sa poche et tend à Timothée un petit paquet brun :

— Tiens ! Manges-en un peu. Cela te donnera des forces pour la suite des événements.

— Qu'est-ce que c'est ?

— De la viande de bœuf séchée. Tu vas voir, c'est délicieux.

8

Le temps passe. Les bandits sont toujours là.

Le brouillard a maintenant complètement disparu et la pleine lune éclaire la Muraille.

— On y voit comme en plein jour, souffle Ming.

— Oui, c'est magnifique, répond doucement Timothée.

Les deux garçons contemplent les collines environnantes. Le spectacle est si beau que, durant un instant, ils oublient quelle est leur triste situation… Mais le vacarme que font les brigands occupés à arracher les briques les ramène bien vite à la réalité.

Comment cela va-t-il donc se terminer ? Si les bandits s'aventurent sur la terrasse de la tour, Timothée sait fort bien que lui et son compagnon vont passer un mauvais quart d'heure...

Soudain, des bruits sourds retentissent dans l'escalier. Un des voleurs est en train de monter jusqu'à la terrasse ! Vite, Ming fait un signe à son camarade.

En un éclair, les deux garçons se dissimulent sous la bâche, derrière le tas de grosses pierres qui encombrent la terrasse. Puis ils demeurent immobiles, le cœur battant. Ils se font petits, tout petits. Ils osent à peine respirer...

Les pas se rapprochent. Le bandit regarde autour de lui. Quel regard méchant ! Tout à coup, un des hommes demeurés au bas de la tour s'écrie :

— Allons, idiot, tu crois que c'est le moment de se promener ? Reviens vite au lieu de t'amuser ! On n'a pas fini notre travail. Et il ne faut pas traîner par ici !

— Oh ! je regarde s'il n'y a rien d'intéressant, répond le bandit.

Il ajoute :

— Il y a peut-être d'autres sculptures, au sommet de la tour. On pourrait venir les chercher une fois prochaine. Cela nous rapporterait encore de l'argent. Et ce serait trop bête de ne pas en profiter !

— Je te dis qu'on n'a pas le temps. Reviens vite !

— C'est bon, c'est bon, grogne le brigand.

Qui monte l'escalier de la Grande Muraille ?

Un peu contrarié, il quitte enfin la terrasse pour rejoindre ses compagnons.

— On l'a échappé belle ! chuchote Timothée à l'oreille de Ming. Et maintenant, qu'est-ce qu'on fait ?

— Attendons que les bandits se soient éloignés. Je crois que j'ai une idée.

9

À l'auberge, les parents de Timothée sont très inquiets.

— Il faut y aller ! dit sa mère.

— Vraiment, je ne comprends pas, déclare le père de Ming. Je suis sûr que mon fils a retrouvé le vôtre.

— Ils ne peuvent peut-être pas revenir, dit son épouse.

— Il se passe quelque chose d'anormal ! remarque le père de Timothée.

— Allons les chercher ! Tout ceci ne me dit rien qui vaille, dit le vieil homme.

— Ne vous inquiétez pas. Notre fils Ming est très débrouillard et il connaît les environs comme sa poche, précise le père du jeune Chinois. En tout cas, ils n'ont pas pu se perdre.

La mère de Ming est à son tour très inquiète :

— S'ils ne se sont pas perdus, c'est qu'ils ne peuvent pas revenir... Pourvu qu'il ne leur soit rien arrivé !

Elle se dirige vers la fenêtre. Soudain, elle s'exclame :

— Regardez, on dirait du feu, sur la Grande Muraille !

— Je me demande si cela ne vient pas de la vieille tour de garde en ruine qui s'élève derrière cette colline, remarque l'aubergiste.

— C'est peut-être grave, dit le vieil homme. Il faut aller voir...

— Regardez, s'exclame la femme de l'aubergiste. Maintenant, le feu change de couleur. Il semble plus blanc et plus fort. On dirait un signal ! Quelqu'un veut sans doute attirer notre attention. Il faut y aller sans attendre ! Ce sont sûrement nos enfants...

— Je vais chercher les autres clients de l'auberge, déclare son mari. Nous aurons peut-être besoin d'aide !

Quelques instants plus tard, les parents de Ming, ceux de Timothée et les touristes chinois qui sont dans l'auberge avancent d'un pas rapide au milieu

des buissons qui recouvrent les collines. Derrière eux, le vieil homme suit péniblement en hochant la tête...

— Allons, dépêchons-nous, grogne-t-il, comme s'il poussait les autres devant lui pour qu'ils aillent plus vite. Toute cette histoire est très étrange...

10

C'est l'aubergiste qui ouvre la marche, immédiatement suivi de sa femme et de la mère de Timothée. Ensuite, ce sont les clients de l'auberge. Le père du jeune Français vient en dernier, juste avant le vieil homme. La petite troupe va bon train, sans faire de bruit, le long de la Muraille. La mère de Ming explique à voix basse :

— On approche de la tour, à présent. Soyons prudents...

— Tiens, le feu diminue, s'écrie le père de Ming à un détour du sentier.

Mais à peine a-t-il fini de parler que, soudain, l'aubergiste se retrouve nez à nez avec l'un des bandits. Surpris, le voleur laisse tomber de son épaule le lourd fardeau qu'il transporte.

Sous le choc, le sac de toile se déchire. Les briques qu'il vient d'arracher à la Grande Muraille roulent à terre.

— Ça, par exemple, s'étonne l'aubergiste.

Il se baisse et ramasse une des briques avant de s'exclamer :

— Mais ces sculptures, je les connais ! Elles viennent de la vieille tour !

Le bandit comprend vite qu'il a perdu la partie. Abandonnant là son butin, il s'enfuit à toutes jambes. Le père de Ming se retourne vers ses compagnons et leur crie :

— Attention ! Ce sont des pillards ! Je me charge de celui-ci ! Mais venez vite, il y en a d'autres ! Il faut tous les attraper.

L'instant d'après, une véritable bataille se déroule dans les collines, qui n'avaient pas connu pareille agitation depuis bien longtemps. Les voleurs essayent de s'échapper. Mais d'un côté, il y a les habitants de l'auberge, menés par le père de Ming, qui s'avancent vers eux. De l'autre côté, il y a la Grande Muraille qui se dresse, infranchissable, devant les bandits qui l'ont endommagée.

Timothée et Ming apparaissent en haut de la Muraille. Les deux enfants intrépides jettent des pierres sur ceux des bandits qui essaient de monter 15 sur le grand mur afin de s'échapper par son chemin de ronde.

En bas, quelques voleurs tentent de se défendre. Mais leurs adversaires sont plus nombreux et disposent de solides gourdins... De plus, les bandits sont fatigués par les heures passées à piocher la Muraille. Bientôt, le dernier brigand est capturé.

À ce moment, arrivent les policiers chinois que les aubergistes avaient prévenus par téléphone peu avant de se mettre à la recherche des deux enfants. Tandis qu'ils emmènent les voleurs, Timothée et Ming, leurs parents et leurs compagnons repartent vers l'auberge.

Bientôt, tout le monde se réchauffe en buvant à petites gorgées du thé âcre.

16

La mère de Ming hoche la tête :

— Tout de même, cette histoire aurait pu très mal se terminer !

— Oui, maman, répond Ming avec malice. Mais sans nous, les bandits seraient loin, à présent, avec leur précieux butin.

— Vous avez eu de la chance de ne pas être repérés par ces voleurs, remarque le père de Timothée.

— Oh ! Ils ont bien failli nous attraper, répond le

Trouve les trois erreurs.

Tous les bandits seront-ils arrêtés ?

46

jeune Français.

— C'est vraiment une bonne idée d'avoir allumé ce grand feu au sommet de la tour, déclare la mère de Timothée.

— Il y avait quelques vieilles planches et des herbes folles, répond Ming. Mais avec la pluie qui est tombée hier, tout était mouillé, et on a eu du mal à l'enflammer.

— Oui, mais comme cela, votre feu s'est vu de très loin, ajoute la mère du petit Chinois.

— En fait, les enfants, vous avez agi exactement comme autrefois, explique le père de Timothée. Les soldats qui repéraient l'approche de l'ennemi donnaient ainsi l'alerte. La nuit, ils allumaient un feu. Le jour, ils faisaient de la fumée, avec de la paille humide ou des crottes de loup.

— Tout est donc bien qui finit bien, dit l'épouse de l'hôtelier.

— Oui, approuve la mère de Timothée. Toutes les briques sculptées ont pu être récupérées. Elles ne me semblent pas trop abîmées et je crois que l'on pourra assez facilement les replacer.

— La Grande Muraille vous doit une fière chandelle ! ajoute le père de Timothée. Vous avez protégé un des plus beaux monuments du monde.

— J'ai une idée, papa, dit Timothée en adressant un clin d'œil à Ming.

— Ah oui ? Laquelle ?

— Eh bien, si ses parents acceptent, je crois que Ming pourrait venir habiter quelque temps avec nous. Comme ça, je lui donnerai des cours de français et lui, en échange, il me donnera des leçons de mandarin.

— Je suis tout à fait d'accord, mon garçon. Mais les parents de Ming, qu'en pensent-ils ?

Le père de Timothée n'a même pas besoin de s'adresser à la famille de Ming. Car, déjà, ce dernier a traduit les propos de ses nouveaux amis.

— Mais bien sûr, accepte le père du jeune Chinois. C'est très gentil à vous de vous occuper de mon fils.

Les deux enfants sautent de joie à l'idée de rester ensemble.

— Bon ! Tout cela est très bien, déclare alors la mère de Ming. On peut maintenant aller se coucher !

11

On se souhaite une bonne nuit et, peu après, tout le monde dort. Enfin presque. Car Timothée et Ming se sont levés en cachette et se sont retrouvés dans la salle de l'auberge. Assis à même le sol, ils sont en grande conversation. Timothée est ravi : avec Ming, il en est sûr, il va drôlement bien s'amuser ! De plus, le jeune Chinois connaît des tas de légendes et d'histoires extraordinaires !

— Le dragon et la jeune femme de mon cauchemar, tu les connais ? demande Timothée.

— Bien sûr ! répond Ming. Tu n'as jamais entendu parler de la légende de Meng Jiangnü ? Bon, alors écoute-moi bien. Mais tu sais, c'est une histoire triste.

Et Ming commence à raconter, pour le plus grand plaisir du jeune Français :

— Cela se passe il y a très longtemps, il y a plus

de deux mille ans, en fait. En ce temps-là, les barbares venus du Nord ne cessent d'attaquer la Chine. Depuis plusieurs années, l'empereur Qin Shi Huangdi a entrepris de construire la « Grande Muraille des 10 000 lis », pour protéger son pays.

— Ah oui ! déclare Timothée. Cet empereur, j'en ai déjà beaucoup entendu parler. C'est lui qui a fondé le premier empire chinois après avoir vaincu tous les autres princes. On raconte qu'il avait fait bâtir dans sa capitale la copie des palais de toutes les villes conquises par ses soldats !

— Tu as raison ! remarque Ming, très admiratif. Je vois que tu connais très bien l'histoire de mon pays.

Et le jeune Chinois poursuit :

— Donc, sur ordre de Qin Shi Huangdi, l'armée entreprend de fabriquer des briques et de casser des pierres, de couper des arbres et de transporter du sable. Le long mur commence à serpenter dans les montagnes, les campagnes et les déserts chinois. Mais les soldats ne suffisent pas ; plus de 300 000 hommes sont obligés de travailler sur l'immense chantier : des paysans, des artisans, des fonctionnaires, des lettrés.

Quelle légende Ming raconte-t-il à Timothée ?

37 38 39

— Des lettrés ? Qu'est-ce que c'est ?

— Des gens savants, des professeurs, des écrivains..., répond Ming.

Et il poursuit :

— Ainsi, le jour de son mariage avec la belle Meng Jiangnü, un étudiant nommé Fan Xiliang est obligé, lui aussi, de partir bâtir le mur formidable. Le temps passe. Meng Jiangnü reste seule. Durant dix longues années, elle ne reçoit aucune nouvelle de son mari. Un jour, elle décide de partir à sa recherche. Elle emporte avec elle des vêtements neufs et des couvertures pour l'hiver. Après un long voyage, la jeune femme arrive enfin sur le chantier. Elle questionne les ouvriers. Son époux ? Mais il est mort de fatigue voici quelques jours ! Et on a enterré son corps sous la Grande Muraille.

— Il était drôlement méchant, cet empereur, remarque Timothée.

— Ça, tu peux le dire ! D'ailleurs, il n'a pas laissé un bon souvenir ! Mais écoute la suite de l'histoire. Très malheureuse, la pauvre femme se met à pleurer. Elle pleure tellement que le ciel s'assombrit. Soudain, la Grande Muraille s'écroule devant elle et la tombe du pauvre Fan Xiliang apparaît.

— Bien fait pour l'empereur et sa Muraille ! applaudit Timothée.

— Oui, tu as raison. Mais un groupe de soldats passe justement à ce moment-là. Ils s'emparent de la jeune femme et l'emmènent devant l'empereur. Qin Shi Huangdi trouve la jeune femme très belle. Au lieu de la punir, il décide aussitôt de l'épouser. Bien entendu, la jeune femme refuse. Elle ne peut tout de même pas se marier avec celui qui a causé son malheur en faisant mourir son mari !

— Bravo ! déclare Timothée. Elle en avait du cran !

Puis il demande :

— Dans mon cauchemar, est-ce que c'est Meng Jiangnü qui a voulu me protéger du roi des dragons ?

— Oui, bien sûr, c'est elle. Tu sais, Meng Jiangnü est très populaire en Chine.

Ming reprend son récit :

— Le temps passe. L'empereur insiste. Et, un jour, Meng Jiangnü finit par accepter. Elle demande à l'empereur de faire un voyage de trois jours sur la mer Jaune. Après, ils se marieront.

— Meng Jiangnü devait avoir une idée derrière la tête !

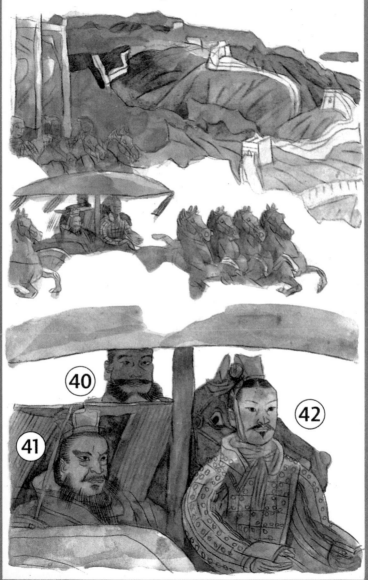

— Oui, tu vas voir. Quelques jours plus tard, Qin Shi Huangdi et la jeune femme embarquent donc sur le magnifique bateau de l'empereur de Chine. Soudain, Meng Jiangnü se lève et injurie Qin Shi Huangdi. Devant les soldats stupéfaits, elle repousse l'empereur de la main. Ce dernier est très en colère. Mais, avant qu'il ait pu faire un geste, la jeune femme se jette dans la mer.

— Quelle terrible histoire !

— Ce n'est pas fini ! Écoute la fin du récit. Fou de rage, Qin Shi Huangdi saisit son fouet magique.

— Un fouet magique ? Mais qu'est-ce que c'est ?

— Un fouet magique, c'est un fouet magique, c'est tout. Grâce à lui, l'empereur jette des pierres dans l'eau afin d'écraser Meng Jiangnü. Mais, au fond de l'eau, il y a le roi des dragons de la mer. C'est lui que tu as vu dans ton cauchemar. Il est très inquiet : les rochers de l'empereur de Chine risquent de démolir son beau palais. « Ne craignez rien, déclare alors la fille du roi des dragons. Laissez-moi faire, et je vous promets que votre palais ne sera pas détruit. » Sans attendre, la princesse prend l'apparence de Meng Jiangnü et sort de l'eau. Elle s'adresse à Qin Shi Huangdi :

— Comment voulez-vous que nous terminions notre voyage si vous remplissez la mer de pierres ?

L'empereur est tout content, car il est persuadé que c'est bien Meng Jiangnü qui est devant lui.

— Il ne reconnaît pas la fille du roi des dragons ?

— Non ! C'était une sorte de fée. Peu après, tout le monde regagne le palais de l'empereur. Le temps passe. Puis, un jour, la princesse réussit à dérober le fouet magique. Vite, elle s'en retourne dans le palais de son père, le roi des dragons de la mer.

— Le méchant empereur devait être furieux !

— Oui, Qin Shi Huangdi peut bien se mettre en colère, à présent ! Le roi des dragons s'en moque, car son beau palais n'a plus rien à craindre !

— J'aime beaucoup cette histoire, remarque Timothée.

— Moi aussi, tu sais.

— Et tu en connais d'autres ?

— Bien sûr ! Tiens, par exemple, tu vois la lune, là-haut ?

— Bah oui ! répond Timothée en bâillant. Et alors ?

— Eh bien, figure-toi qu'une autre légende de

mon pays raconte qu'un lièvre y habite. Et avec lui, il y a aussi un homme occupé à couper du laurier, une sorte de bûcheron qui…

Ming s'interrompt. Il se retourne vers Timothée. Épuisé par toutes les émotions de la journée, ce dernier s'est endormi sur une natte de paille.

Sans faire le moindre bruit, le jeune Chinois va chercher une grande couverture ornée de fleurs multicolores et en recouvre son ami. Il ne faut pas réveiller Timothée : il rêve peut-être encore de la belle Meng Jiangnü…

22

1

la **Grande Muraille**
Immense réseau
de fortifications construites
par les Chinois,
du IIIe siècle avant J.-C.
au XVIIe siècle après J.-C.,
sur une longueur totale de
10 000 kilomètres.
Actuellement, elle ne
mesure plus que 6 300
kilomètres.

2

une **esplanade**
Terrain plat et découvert qui
s'étend devant une
fortification ou un bâtiment.

3

des **yuans**
Le **yuan** est l'unité
monétaire chinoise.

4

se **frayer un chemin**
Réussir à passer au milieu
d'une foule nombreuse,
d'une végétation abondante.

5

indiscipliné
Qui n'obéit pas, qui refuse
toute discipline.

6

un **créneau**
Partie dentelée de
la maçonnerie qui couronne
une tour, une muraille.

7

s'entrechoquer

Se heurter, se choquer
l'un contre l'autre.

8

escarpé

Qui possède une pente
abrupte, raide.

9

une **rambarde**

Rampe métallique installée
le long d'un escalier, sur
une passerelle, au bord
d'un balcon.

10

un **tréteau**

Pièce de bois munie de
quatre pieds qui supporte
une estrade, une table,
un présentoir.

11

être **doté**

Posséder, avoir.

12

une **bâche**

Grosse toile imperméable
qui sert à abriter des
marchandises, une voiture.

13

le **lotus**

Grand nénuphar blanc qui,
en Chine, représente
la pureté et la sagesse.

14

réconforter

Apporter du réconfort,
redonner du courage,
consoler.

15

intrépide

Courageux, qui ne craint pas le danger.

16

âcre

Qui est irritant au goût ou à l'odorat, comme l'odeur de la cigarette, la saveur du citron.

17

un **li**

Le **li** est une ancienne mesure de longueur chinoise, encore employée aujourd'hui. Il équivaut à 0,576 kilomètre.

18

injurier

Dire des injures à quelqu'un, l'insulter.

19

stupéfait

Qui ne peut plus bouger tellement il est surpris.

20

prendre l'apparence de

Parce qu'elle possède des pouvoirs magiques, la fille du roi des dragons change l'aspect de son corps afin de se faire passer pour Meng Jiangnü.

21

dérober

Voler, s'emparer de.

22

une **natte**

Sorte de matelas très fin, fait de paille tressée.

Maquette Jean Yves Grall, mise en page Atelier JMH

Imprimé en France par Pollina, 85400 Luçon - n° 85887
Dépôt légal n° 18545 - Février 2002